FLEURS POÉTIQUES

DU

SÉRAPHIQUE ST-BONAVENTURE

EXTRAIT

DE SES PSAUMES SUR LA B. V. M.

PAR

Mlle MARIE EL. DE M.

* * *

PARIS-AUTEUIL

IMPRIMERIE DES APPRENTIS-ORPHELINS. — ROUSSEL

(Dépôt 15, rue Férou, place Saint-Sulpice.)

40, rue La Fontaine, 40

1881

FLEURS POÉTIQUES

DU

SÉRAPHIQUE SAINT BONAVENTURE

FLEURS POÉTIQUES

DU

SÉRAPHIQUE ST-BONAVENTURE

EXTRAIT

DE SES PSAUMES SUR LA B. V. M.

PAR

Mlle MARIE. EL. DE M.

PARIS-AUTEUIL

IMPRIMERIE DES APPRENTIS-ORPHELINS. — ROUSSEL,

(Dépôt 15, rue Férou, place Saint-Sulpice.)

40, rue La Fontaine, 40

—

1881

PRÉFACE

—— •

Notre traduction en vers des *Psaumes de Saint Bonaventure* n'était pas destinée à la publicité. C'était comme un bouquet que nous avions composé uniquement pour notre édification personnelle, en l'honneur de notre Sainte Mère, la Vierge Marie. De pieux amis, à qui nous avions communiqué notre humble travail en ont fait part, à leur tour, à d'autres âmes pieuses; c'est ainsi, qu'à notre insu, le public a pris connaissance de nos fleurs poétiques. Bientôt nous avons reçu de pressantes invitations, nous demandant la publication de notre

1

opuscule. Nous citerons seulement la lettre
que M. l'abbé Roussel nous écrivait à ce
sujet.

« J'ai lu, avec le plus vif intérèt, je dirai même
» avec le plus grand profit, votre traduction en
» vers des *Psaumes de Saint Bonaventure*. Je ne
» saurais trop louer la pieuse pensée que vous avez
» eue de rajeunir ainsi, par une forme nouvelle,
» l'opuscule du Docteur Séraphique, ou la plus ten-
» dre piété se mêle à la plus profonde théologie.
» Que dirai-je de l'exécution de votre pieuse en-
» treprise? Votre humilité croira sans doute mon
» éloge exagéré, et cependant, je ne crains pas de
» le dire, vous avez retrouvé l'élocution mélodieuse
» de l'auteur des *Harmonies poétiques et reli-*
» *gieuses*, et vous avez atteint, par l'élévation des
» sentiments, les Odes de J.-B. Rousseau.
» Je le sais, ce sont là, à vos yeux, de bien fai-
» bles raisons, pour vous déterminer à livrer au
» public le fruit de vos méditations. Aussi, en ve-
» nant vous prier de confier votre manuscrit à
» l'imprimerie des Appprentis Orphelins, j'attirerai
» plutôt votre attention sur le bien que peut faire
» cette publication. D'abord, notre imprimerie
» y trouvera du travail pour ses jeunes composi-

» teurs; en second lieu, comme vous vous êtes
» appliquée dans votre traduction à suivre le saint
» Docteur, le lecteur retirera autant de profit
» de votre opuscule que des œuvres même de
» saint Bonaventure. Et pour vous montrer quel
» heureux fruit les personnes pieuses peuvent re-
» tirer de cette lecture, je ne puis mieux faire que
» de rappeler ces paroles du savant Gerson : Quand
» on me demande quel est le Docteur le plus par-
» fait que je connaisse, je réponds : Bonaven-
» ture, car il est profond et solide, pieux, juste et
» édifiant. En même temps qu'il éclaire, il édi-
» fie ; en nourrissant l'intelligence, il remplit le
» cœur, il n'y a pas de doctrine qui soit plus élevée,
» plus divine, plus salutaire et plus utile aux vrais
» théologiens que la science.

» L. ROUSSEL. »

Nous ne voulons pas d'autre préface, car
cette lettre (trop flatteuse pour nous) exprime,
bien mieux que nous ne le ferions nous-
même, le but de notre publication, et notre
unique désir, qui est d'exciter dans les cœurs
l'amour de Dieu et la dévotion à Marie !

MARIE EL. DE M***.

TRENTE TROIS PSAUMES

DE

SAINT BONAVENTURE

PSAUME I

Heureux qui vous chérit, ô divine Marie,
Et qui de vous servir a connu la douceur !
Ainsi que la rosée humectant la prairie
Vos célestes bienfaits pénètrent dans son cœur !

Ainsi l'arbre planté près d'une source pure,
Croît et se fortifie, embaume le vallon ;
Etale de ses fruits la splendide parure,
Et brave les fureurs du terrible aquilon.

Vierge dont l'humble foi nous a rendu la vie,
Dont la chaste innocence a ravi l'Eternel ;
Vierge, par le Seigneur et l'univers bénie,
Qui peut vous égaler, sur terre ou dans le ciel ?

Près de vous disparaît tout l'éclat des archanges,
Qui contemplent ravis le chef-d'œuvre de Dieu !
Vers vous du monde entier s'élèvent les louanges,
Célébrant vos bienfaits répandus en tout lieu !

Ah ! que toujours nos cœurs en gardent la mémoire !
L'Eternel a béni les œuvres de vos mains ;
Si vous êtes des cieux et le charme et la gloire,
Vous êtes l'espérance et l'appui des humains !

PSAUME II

Pourquoi nos ennemis ont-ils frémi de rage
En formant contre Dieu des complots insensés ?
Vomissant le mensonge et rêvant le carnage,
Ont ils cru que le ciel nous avait délaissés ?

O mère de Jésus ! ô Reine bien-aimée !
Levez-vous, confondez ces cruels ennemis !
Plus terrible pour eux qu'une puissante armée,
Montrez-leur qu'à vos lois l'univers est soumis !

O chrétiens affligés accourez tous près d'elle,
Réclamez son appui, qui ne trompe jamais,
D'un seul de ses regards, votre mère immortelle
Remettra dans vos cœurs l'espérance et la paix !

Bénissez-la sans cesse, implorez sa clémence,
Et vous ne craindrez rien, ni chutes, ni revers,
Rien ne peut limiter sa divine puissance,
Et sa miséricorde a rempli l'univers !

PSAUME III

Des ennemis de Dieu la phalange s'augmente,
Et chaque jour s'accroît leur aveugle fureur,
Mais vous les confondrez, souveraine puissante,
Au jour qu'ont désigné les arrêts du Seigneur !

Délivrez-nous surtout des péchés et des crimes
Dont la chaîne fatale appesantit les cœurs,
Les sépare du Christ, et dociles victimes
Nous livrerait sans force aux cruels oppresseurs !

Ah ! ne laissez jamais sans guide et sans défense
Vos enfants que l'enfer cherche à remplir d'effroi !
A chacun de vos fils donnez votre assistance ;
De l'ennemi cruel, mère, défendez-moi !

O Reine de clémence, en vous je me confie !
Abaissez vos regards si touchants et si doux,
Etendez votre main qui sauve et purifie,
Et guérissez le cœur qui s'abandonne à nous !

Veillez toujours sur moi, divine et tendre mère,
Et quand viendra pour moi le moment de la mort,
Offrez mon âme à Dieu, mon Créateur, mon père,
Et guidez votre enfant vers le céleste port !

PSAUME IV

O Reine, ma prière est par vous exaucée,
Votre divin pouvoir me soutient, me défend,
Sur le trône sublime où vous êtes placée
        Vous n'oubliez pas votre enfant !

Des lions rugissants, de leur faim dévorante,
Votre bonté céleste a su me préserver,
Vous avez étendu votre main bienfaisante
        Pour les vaincre et pour me sauver !

Jamais de vos bienfaits la source n'est tarie,
Jamais dans l'univers nul ne s'est rappelé
Que l'on ait invoqué votre saint nom, Marie,
        Sans avoir été consolé.

O Reine des vertus dont le ciel glorifie
La sublime grandeur, la sainte majesté,
Par vos enfants mortels soyez aussi bénie,
        Dans le temps et l'éternité.

Nations, rendez gloire à notre auguste mère,
Vous ne pourrez jamais, quels que soient vos efforts,
Exalter dignement, ô peuples de la terre,
        De son cœur les divins trésors !

1.

PSAUME V

Ne rejetez pas ma prière,
Et laissez briller à mes yeux
Cette sainte et douce lumière
Que sur vos traits divins a mis le roi des cieux !

Changez nos maux en allégresse,
Et daignez essuyer nos pleurs ;
Que votre ineffable tendresse
Ranime, sanctifie, et console nos cœurs !

Terrassez par votre puissance
Nos implacables ennemis,
Et qu'ils retombent sans défense
Dans les gouffres profonds qui les avaient vomis !

Que toute langue vous bénisse,
Que tout s'incline devant vous,
Que le monde entier retentisse
De votre nom sacré, si puissant et si doux !

Dieu mit dans votre âme si pure
La douceur du lait et du miel,
Afin que toute créature
Ressente la bonté de la Reine du Ciel !

PSAUME VI

Ne m'abandonnez pas, ô tendre et sainte mère,
Devant le tribunal de notre divin Roi,
O Marie, apaisez la trop juste colère
D'un juge tout-puissant irrité contre moi !

Que pour l'amour de vous, Jésus nous soit propice
Et que pour votre gloire il pardonne aux pécheurs !
Qui donc pourra fléchir la suprême justice,
Sinon vos doux accents, tendre mère, et vos pleurs ?

Des portes de l'enfer et du sein de l'abîme
Délivrez vos enfants, ô Reine de bonté,
Et daignez les guider vers le séjour sublime
Où nous vous bénirons pendant l'éternité !

PSAUME VII

O douce Reine, en vous j'espère,
Du lion rugissant enchaînez la fureur
    Pour votre honneur, ô tendre mère
Délivrez votre enfant de son persécuteur !

    De votre gloire immaculée
Faites luire sur moi l'ineffable splendeur,
    Et mon âme renouvelée
Brillera d'innocence aux regards du Seigneur !

    Que jamais je ne sois vaincue
Par l'ennemi fatal ! qu'il fuie avec terreur,
    Sans pouvoir offrir à ma vue
De son glaive odieux la sinistre lueur !

PSAUME VIII

C'est par vous ô Marie, ô glorieuse mère,
Que le monde est sauvé de l'éternel malheur !
Par vous, le Fils de Dieu s'est rendu notre frère
Pour devenir le Rédempteur !

Comme dans le buisson la merveilleuse flamme,
Comme sur la toison l'humidité du ciel,
Et du ciel retrouvant les splendeurs de votre âme
En vous, descendit l'Eternel.

La vertu du Très-Haut vous couvrit de son ombre,
Et l'esprit du Seigneur est votre chaste époux !
Bénis soient à jamais les miracles sans nombre
Que Dieu fit éclater en vous !

Béni soit le prodige auguste, incomparable,
Qui vous fit en naissant triompher des enfers !
Et cet enfantement glorieux, ineffable,
Par qui fut sauvé l'univers !

Béni soit votre corps, temple de l'innocence,
Béni soit votre esprit, si clément et si doux,
Béni soit votre cœur, plein d'un amour immense
Et pour l'Eternel et pour nous !

PSAUME XI

Mère du saint amour et source de clémence
    Dissipe mon effroi,
Prête à mon faible cœur ta divine assistance,
    Vierge, console moi !

Ton céleste regard parcourt l'espace immense
    Cherchant les malheureux,
Et sans cesse empressée à guérir leur souffrance
    Tu t'inclines vers eux !

De ce vaste univers tu visites l'enceinte
    En semant les bienfaits ;
Tes pas sont glorieux et ta démarche est sainte,
    Souveraine de paix !

O vierge toujours pure et cependant propice.
    Aux malheureux pécheurs,
    En toi la vérité, la grâce, la justice
    Font briller leurs splendeurs !

Oui, du soleil divin la gloire t'environne,
    Et les élus du ciel
Sauvés par ton amour, te font une couronne
    D'un éclat immortel !

PSAUME XIV

Qui pourra du Très-Haut habiter la demeure ?
Qui pourra s'approcher de son trône sacré ?
La Vierge nous répond : Celui qui souffre et pleure,
Et pardonnant toujours, n'a jamais murmuré !

Ceux que la pureté fait ressembler aux anges,
Et dont le cœur pieux n'a jamais eu de fiel,
Avec les séraphins chanteront mes louanges,
Et méconnus sur terre, ils brilleront au ciel !

O doux séjour des cieux ! ravissante lumière !
Vierge, mère de Dieu, j'embrasse vos genoux,
Que par votre secours, votre sainte prière,
Je sois un jour unie à votre Fils et vous !

Invoquez-la, pécheurs, ne quittez plus Marie,
Demandez par vos pleurs son pardon maternel,
Un jour elle dira, d'une voix attendrie :
Ah ! venez, prenez part au bonheur éternel !

PSAUME XXVII

Je vous invoquerai, Mère sublime et sainte,
Vous répondez toujours au cri de votre enfant,
Et mon cœur délivré de tristesse et de crainte
    Exaltera votre nom triomphant !

Oui, la terreur s'enfuit, ainsi que la souffrance,
    Quand j'implore ce nom si doux ;
Qu'il soit béni, sur terre, et dans le ciel immense,
    Où rien n'est comparable à vous !

C'est vous que Dieu couronne et qu'il a préférée !
    Jadis dans l'arche révérée
L'or pur étincelait sur les riches parois,
Mais bien plus glorieuse est votre âme sacrée,
    Sanctuaire du Roi des rois !

Entre les Chérubins Dieu rendait ses oracles,
Et ce lieu trois fois saint rayonnait de splendeur,
    Mais le plus saint des tabernacles,
    Mère de Dieu, c'est votre cœur !

O cité du Très-Haut, que n'a point ébranlée
    Des enfers l'horrible courroux,
Le Seigneur vous créa, parfaite, immaculée,
Pour nous sauver et se complaire en vous !

PSAUME XXX

J'espère en vous, ô divine Marie,
Source d'amour, de grâce, de bonté,
Auprès de vous mon cœur se réfugie ;
C'est pour le temps et pour l'éternité !

Votre secours, puissante protectrice,
De nos combats nous fait sortir vainqueurs,
Et votre amour, tendre consolatrice,
Vient ranimer et consoler nos cœurs !

Délivrez-moi de l'ennemi funeste
Qui vient semer les pièges sous mes pas !
Je ne crains rien si votre appui me reste,
Je puis braver l'enfer et le trépas !

Levant les yeux vers les saintes collines,
J'ai bien souvent réclamé vos secours,
Et vos faveurs touchantes et divines
A mon appel ont répondu toujours !

Reine du ciel, que mon âme attendrie
Veut à jamais exalter et bénir,
C'est en vos mains que je remets ma vie,
Mon cœur, mon âme et mon dernier soupir !

PSAUME XXXIII

Je bénirai toujours la divine Marie,
Par des cantiques saints mon cœur s'épanchera ;
Jusqu'à mon dernier jour cette extase chérie
    Jamais ne cessera !

Vous aussi, louez-la, bénissez-la sans cesse,
Chrétiens pieux, enfants de la Reine du ciel !
N'avez-vous pas goûté de sa vive tendresse
    Et le lait et le miel !

Cette source d'amour n'est jamais épuisée ;
Venez y ranimer vos esprits abattus
Venez y recueillir la divine rosée
    Qui produit les vertus !

Ah ! ne voulez-vous pas, chrétiens, fils de Marie,
Pour plaire à votre mère et lui ravir le cœur,
De ce cœur maternel, notre espoir, notre vie,
    Imiter la douceur ?

Je bénirai du moins, mère pieuse et tendre,
La douce humilité qui ravit le Seigneur,
Et l'attirant vers vous, du ciel le fit descendre
    Jusque dans votre cœur !

PSAUME XLI

Comme le cerf aspire après l'eau des fontaines,
Mon âme, Vierge sainte, aspire à ton amour !
Je méprise la terre et ses promesses vaines,
Mes yeux sont arrêtés sur l'éternel séjour !

N'as-tu pas enfanté, sainte et douce Marie,
Celui qui dans mon sein lance des traits de feu,
Lui, le cœur de mon cœur, le souffle de ma vie,
Mon Sauveur et mon tout, mon Seigneur et mon Dieu !

Ne l'as-tu pas offert pour délivrer la terre?
Et n'as-tu pas souffert pour nous auprès de lui?
Et par sa volonté n'es-tu pas notre Mère,
Notre espoir le plus cher, notre plus doux appui?

Viens éclairer pour moi le sentier de la vie ;
Guide mes pas tremblants, guide-moi vers Jésus,
Et fais-moi mériter le trésor que j'envie,
Ce trésor adoré, qu'obtiennent les vertus !

Viens redoubler encor la ferveur qui m'embrase,
C'est l'amour qui m'inspire et l'amour que je veux,
Et d'un bonheur si pur, que l'ineffable extase,
Se prolonge sans fin dans le séjour des cieux !

PSAUME XLVII

Vous êtes grande, ô Vierge sainte,
Mère du Tout-Puissant, modèle des vertus,
Et vous régnez en paix dans la céleste enceinte,
Où devant vous s'inclinent les élus !

Au tombeau vous fûtes ravie,
Par les Anges de Dieu vous couronnant de lis !
Depuis que l'Éternel vous a rendu la vie,
Par vos splendeurs les cieux sont embellis !

Des cieux les brillantes phalanges
Disaient : « Voici la Reine, elle arrive au saint lieu ;
Nous tressaillons de joie en chantant ses louanges,
Sa place est prête, à la droite de Dieu !

« Voici notre adorable Maître,
Qui vient la recevoir, conduit par son amour.
Elle a souffert pour lui, l'adore, et le fit naître,
Auprès de lui, la voilà sans retour ! »

O Jésus, quelle joie immense,
Lorsque la couronnant de vos divines mains,
Vous avec proclamé sa digne récompense :
Régner au ciel, et sauver les humains !

PSAUME LII

L'insensé qui du ciel fut chassé par la foudre,
S'est dit : « Je porterai le ravage au saint lieu,
Je veux briser l'autel, et je veux mettre en poudre
    L'Eglise et le peuple de Dieu ! »

D'où te vient, noir démon, ta nouvelle furie?
Pourquoi ce fol espoir à toi s'est-il offert ?
As-tu donc oublié que sans cesse Marie
    Désarme et terrasse l'enfer?

Jadis, n'as-tu pas dit : « J'ai su vaincre la femme,
Et l'univers entier par moi sera dompté ! »
Mais la Vierge a trompé ton espérance infâme,
    Par sa divine pureté !

Retire-toi, maudit, car ta honte s'apprête,
Tu ne fais que hâter ton effroyable sort,
Celle que Dieu choisit pour t'écraser la tête.
    De toi va triompher encor !

Le Rédempteur se plaît à nous sauver par elle,
Elle nous sauvera ! Tes efforts odieux,
Vont ajouter encore à la gloire immortelle,
    Qui l'environne dans les cieux.

PSAUME LVII

Si vous voulez, mortels, accomplir la justice,
    Et rendre hommage au Créateur,
Aimez la douce Reine aux malheureux propice,
    Qui nous donna le Rédempteur !

On offense le Dieu du ciel et de la terre,
    Et le Sauveur est indigné,
Quand le culte si doux de la Divine Mère,
    Par les mortels est dédaigné !

Rendez gloire au Seigneur par la Reine immortelle,
    Qui sait apaiser son courroux !
Est-il un seul moment où la Vierge fidèle
    Ait cessé de prier pour nous !

Son trône est décoré des roses du martyre,
    Des lis de la virginité,
Aux vierges, aux martyrs, constamment elle inspire,
    Le courage et la pureté !

O chœurs étincelants qui sillonnez l'epace,
    Glorifiez dans vos concerts
Celle à qui le Très-Haut a prodigué la grâce,
    Et qui règne sur l'Univers !

Que le nom glorieux de cette Vierge pure,
   Par les Anges soit exalté ;
Qu'on la célèbre enfin dans toute la nature,
   Pendant toute l'Éternité.

PSAUME LXIV

Il est juste, ô Marie, ô Vierge, trois fois sainte,
Que ton nom soit loué par de pieux accords,
Et qu'aux divins concerts de la céleste enceinte
    Nous répondions par nos transports !

Avec toi, le Sauveur a délivré le monde,
Il te fait, après lui, l'arbitre des humains,
Et les bienfaits de Dieu, source pure et féconde,
    S'épanchent de tes douces mains !

Tes suprêmes douleurs ne t'ont jamais vaincue,
Et pour récompenser tes sublimes efforts,
De sa propre splendeur ton Dieu t'a revêtue
    Et t'a confié ses trésors !

Lui-même sur ton front posa le diadème,
Te combla des faveurs de son immense amour !
Les Anges éblouis de ton éclat suprême,
    Forment ton immortelle cour !

Comme un époux royal, parant sa fiancée,
De couronne, d'anneau, d'ornements précieux,
L'Eternel souverain près de lui t'a placée,
    Te donnant le sceptre des cieux !

PSAUME LXV

Terre, glorifiez l'incomparable Reine,
Soutien des malheureux, refuge des pécheurs
Mais qui racontera, céleste sonveraine,
    Vos inépuisables faveurs ?

Béni soit votre cœur, séjour de la clémence,
Ce cœur, trône divin de toutes les vertus,
Ce cœur qui fut rempli d'une douleur immense,
    Ce cœur qui sait aimer Jésus !

Voyez ma pauvreté, mère tendre et chérie,
Par vos saintes bontés, consolez ma douleur,
Ranimez les vertus dans mon âme flétrie
    Venez lui rendre le vigueur !

Que ous les cœurs souffrants, vous aiment, tendre mère
Vous qui versez sur eux et le baume et le miel !
Que par eux votre nom soit invoqué sur terre,
    Et glorifié dans le ciel !

PSAUME LXXXI

L'Éternel nous combla de ses faveurs divines !
Un jour il abaissa les yeux sur Israël,
Et comme un lis brillant au milieu des épines,
Une vierge apparut — c'est la Reine du Ciel !

De mon cœur qui t'implore efface la souillure,
Reine de pureté, chef-d'œuvre du Seigneur ;
Vierge dont l'auréole est si belle et si pure,
Que les cieux devant elle ont perdu leur splendeur !

O lis immaculé ! Colombe ravissante !
Délicieux jardin qui charme l'Eternel !
Source toujours limpide et toujours jaillissante,
Dont les flots merveilleux sont les grâces du ciel !

Oui, de ton cœur s'épanche une source de vie ;
Dieu, pour notre salut te fit ce don sacré,
Daigne répandre en moi ce flot qui purifie,
Qui ranime et guérit notre cœur altéré !

Vous, brûlés par la soif des enfants de la terre,
Vers la reine du Ciel, pécheurs, portez vos pas,
Elle vous donnera cette eau qui désaltère,
Qui redonne la vie et ne s'épuise pas !

Venez vous abreuver à cette source heureuse,
Y chercher l'innocence et l'ineffable paix,
Le mépris des plaisirs dont la coupe est trompeuse,
Et ce divin bonheur qui ne finit jamais !

PSAUME LXXXII

« Qui donc est semblable à Marie? »
Disent les Séraphins dans leurs pieux transports !
Chef-d'œuvre du Seigneur, à lui toujours unie,
Dieu la fit notre Reine en lui donnant la vie,
    Et la combla de ses trésors !

    Oui, de la terre au ciel immense,
Où des astres sans nombre éclate la splendeur,
Il est (Dieu nous l'a dit) encor moins de distance
Que des Anges, malgré leur céleste innocence,
    A la mère du Créateur.

    Miracle touchant et sublime !
Cette Reine élevée au comble des grandeurs,
Est notre mère à tous ! Un zèle ardent l'anime,
Et d'immenses douleurs elle fut la victime,
    Afin de guérir nos douleurs.

    Source ineffable de tendresse !
Reine des Séraphins, refuge des pécheurs !
Voici mon cœur, prends-le ! qu'un trait divin le blesse,
Que dans ton cœur de mère, il s'épanche sans cesse,
    Pour te bénir de tes faveurs !

Divin Jésus, douce Marie!
Il veut enfin, ce cœur, vous payer de retour,
Qu'il s'embrase pour vous et qu'il vous glorifie,
Et qu'au dernier moment il exhale sa vie,
Dans un ardent soupir d'amour!

PSAUME LXXXIII

Qu'ils me sont chers, ces divins tabernacles,
Ces doux autels, ô Reine des vertus,
Où chaque jour, par de nouveaux miracles,
Vous ranimez vos enfants abattus !

Vers le Seigneur votre ardente prière,
Encens divin, parfum délicieux,
Monte sans cesse et revient sur la terre,
Nous rapportant les richesses des Cieux !

Quand des enfers la rage se déploie,
Daignez sourire à vos fils à genoux,
Et nous dirons, en tressaillant de joie,
Ne craignons rien, Marie est avec nous !

Par vos bontés, vos prodiges célestes,
Mère de Dieu, vous nous rendez l'espoir !
Ces ennemis si fiers et si funestes
Reconnaîtront bientôt votre pouvoir !

De ce pouvoir, ô sainte et douce mère,
Qui donc au monde ignore les effets,
Est-il encore un endroit sur la terre,
Où l'on ne voie éclater vos bienfaits !

PSAUME XC

Qui s'abandonnne à la douce Marie,
Saura braver le superbe ennemi,
Et protégé d'une égide chérie,
Dans le combat il se sent affermi !

En vain les traits d'une rage effrayante
Nous sont lancés par le persécuteur,
Car une Reine invisible et puissante
.L'écrase encor et confond sa fureur !

C'est vainement, ô mère bien-aimée,
Que sous nos pas les périls sont offerts,
Dieu te rendit plus forte qu'une armée
Pour nous défendre et vaincre les enfers !

O noir démon, nous bravons ta colère,
De tes assauts nous serons triomphants ;
Sache-le bien, des bras de cette mère
Tu ne pourras arracher ses enfants !

Autour de nous des malheureux succombent ;
Ils ont manqué d'espérance et de foi.
Mère de Dieu, ceux-là jamais ne tombent
Dont le cœur t'aime et se confie à toi !

O toi, du Christ le gage le plus tendre,
Avec ton Fils tu n'as qu'un même cœur.
O cœur divin ! par toi j'ose prétendre
Au bien suprême, à l'éternel bonheur !

Dans le moment qui termine la vie,
Porte du ciel, ouvre-moi le saint lieu !
En t'implorant, que mon âme ravie
Quitte le monde et s'envole vers Dieu !

PSAUME XCVIII

Que la terre tressaille et demeure en silence,
Dieu règne ! et l'univers a tremblé devant lui !
Mais près de lui s'assied la Reine de clémence ;
    C'est notre espoir et notre appui !

O puissances du ciel, quel glorieux hommage
Vous présentez sans cesse à la mère du Roi !
Eglise de la terre ! ah ! quel divin langage
    Redira ses bontés pour toi ?

Les vierges, entourant leur mère bien-aimée,
Mêlent aux chœurs des cieux les accents les plus doux,
Et les élus de Dieu, resplendissante armée,
    Devant elle sont à genoux !

Sur terre, les chrétiens viennent remplir ses temples,
Implorant sa clémence, exaltant ses grandeurs,
Tandis que son amour et ses divins exemples
    Enflamment saintement les cœurs !

Et le Sauveur du monde, avec un doux sourire,
Nous dit : « C'est votre mère, entourez ses autels ;
J'ai voulu qu'elle soit vierge, reine et martyre,
    Afin de sauver les mortels !

PSAUME CII

O mon âme, bénis la divine Marie,
Qui demande pour toi la grâce et le pardon !
Que ma voix et mon cœur, mon esprit et ma vie,
    Soient un hymme à son nom !

De la Reine des cieux, de la mère qui t'aime,
Pourrais-tu donc, mon âme, oublier les bienfaits?
N'as-tu pas ressenti de sa bonté suprême
    Les sublimes effets?

C'est elle qui conduit vers le divin royaume
Ses enfants qu'elle arrache aux sentiers des pécheurs ;
E'le guérit leurs maux, elle possède un baume
    Pour toutes les douleurs !

Dieu pardonne toujours quand sa mère l'implore;
A ce cœur maternel on peut se confier ;
Elle cherche l'ingrat qui l'offense ou l'ignore,
    Et l'excite à prier !

Ah ! nos faibles accents sont trop peu dignes d'elle !
O vous qui contemplez son éclat glorieux,
Louez et bénissez votre Reine immortelle,
    Cieux et vertus des cieux !

PSAUME CXVIII

Bienheureux les cœurs purs qui se font un délice
De chérir, d'imiter la mère du Seigneur!
Miroir immaculé du soleil de justice,
Tu reproduis en eux ta divine splendeur!

Bienheureux les cœurs purs entraînés vers Marie
Par le suave attrait de son humilité,
Et près du cœur sacré de leur mère chérie
Eprouvant ses ardeurs d'immense charité!

Bienheureux les cœurs purs aimant l'Immaculée,
Admirant ce prodige unique et glorieux;
Sur l'enfer confondu victoire signalée
Qui délivre la terre et qui l'unit aux cieux!

Et ceux-là qui, fervents, pleins de reconnaissance,
Voyant Dieu sur la croix et sa mère à côté,
Leur disent : « O Jésus! ô Reine de clémence!
Ils sont à vous, nos cœurs qui vous ont tant coûté!

Bienheureux celui-là qui reconnaît pour mère
Celle que lui donna l'adorable Sauveur!
Bien plus heureux encor, lorsque fuyant la terre
Il suit sa tendre mère au séjour du bonheur!

PSAUME CXVIII (1re Divis^{on})

Puisque mon âme à vous est asservie,
Et que Jésus règne à jamais sur moi,
Daignez m'apprendre, ô divine Marie,
Du Bien-aimé l'auguste et sainte loi !

Seule ici-bas, dans ce monde, étrangère,
Rien ne me charme en ce triste séjour ;
Enseignez-moi, douce et divine mère,
Tous les secrets de l'éternel amour !

Ah ! je voudrais, par l'amour inspirée,
Redire à tous, dans un pieux transport,
Louez Marie ! elle m'a délivrée
De l'ennemi qui nous donne la mort !

Que vous rendrai-je, ô ma mère chérie
Pour les bienfaits que j'ai reçus de vous ?
Prenez mon âme, et mon sang et ma vie,
Et donnez-les à mon céleste Epoux !

PSAUME CXXI

Mon cœur a tressailli d'une joie infinie
En croyant écouter de célestes accents !
Est-ce toi, douce mère, ô divine Marie
Qui m'adresses tout bas ces mots si ravisants ?

Nous irons dans Sion, dans la céleste enceinte,
« Va, ne t'alarme point à l'aspect du trépas,
« Mais bénis le Seigneur ! Vers la demeure sainte,
« C'est la mère de Dieu qui conduira tes pas ! »

A toi je m'abandonne, ô mon céleste guide !
O ma mère, obtiens-moi la grâce du Seigneur,
La force pour dompter notre ennemi perfide,
Ici-bas la vertu, dans les cieux le bonheur !

C'est toi que je veux suivre, ô divine colombe !
Ah ! pour moi désormais la mort est sans effroi,
Pourvu que, m'endormant du sommeil de la tombe,
Je voie à mon réveil mon doux Sauveur et toi !

PSAUME CXXII

Au milieu des périls dont la vie est semée,
    J'élève mon cœur et mes yeux,
Vers toi, mon doux appui, ma mère bien-aimée,
Assise sur le trône auprès du Roi des cieux !

Que ton nom glorieux soit toujours ma défense,
    Ranimant ma force et ma foi.
Que mon esprit, mon cœur, tout, dans mon existence,
Toujours soit inspiré, soit dirigé par toi !

Sur terre et dans le ciel que l'on te glorifie,
    Ainsi qu'au séjour de douleur,
Où, consolé par toi, le cœur se purifie,
Avant de parvenir à l'éternel bonheur !

Je bénis à jamais ta pureté suprême,
    Ton auguste maternité,
Ton corps, temple de Dieu, que Dieu forma lui-même,
Ton âme, le miroir de la Divinité !

PSAUME CXXX

Douce Vierge, à tes pieds je pleure et m'humilie,
Quel mérite, quel bien peut se trouver en moi ?
Mais les secours du ciel et ses bienfaits, Marie,
    Nous viennent tous par toi !

Oui, le Seigneur qui t'aime et qui te glorifie,
A terrassé par toi nos cruels ennemis ;
Les trésors de l'amour qui sauve et sanctifie,
    En tes mains sont remis.

Béni soit le Très-Haut dont la toute-puissance
A préservé ton cœur du crime originel,
Et te fit rayonner de gloire et d'innocence
    Dans le sein maternel !

Béni soit l'Esprit-Saint qui te rendit féconde
Pour accomplir de Dieu le sublime dessein,
Et le Verbe éternel qui pour sauver le monde
    S'incarna dans ton sein !

De grâce, de vertus le Seigneur t'a comblée !
Donne-moi quelque part à ce riche trésor,
Et viens chercher mon âme, ô Vierge immaculée,
    A l'heure de ma mort !

PSAUME CXXXIII

Que votre nom est aimable, ô Marie !
Quelle douceur on trouve à le chérir,
A l'invoquer chaque jour de la vie,
Le répéter jusqu'au dernier soupir !

C'est un parfum ravissant et suprème
Qui nous console et qui charme nos cœurs !
O tendre mère ! à l'enfant qui vous aime
Vous préparez d'ineffables douceurs !

Vous qui savez ranimer l'espérance
Quand les chagrins l'éteignent dans nos cœurs,
Vous qui savez adoucir la souffrance
Par vos bontés, vos soins consolateurs ;

De l'orphelin, vous la mère immortelle,
Sachant aimer d'un immortel amour,
O notre guide, ô notre appui fidèle,
Conduisez-nous vers le divin séjour !

PSAUME CXLIII

J'ai voulu vous louer, divine et tendre mère,
Et ma voix a chanté votre nom glorieux,
Se joignant à ces voix qui, de toute la terre,
Pour vous glorifier s'élèvent jusqu'aux cieux !

Aux cieux, où l'on entend les harpes d'or des anges !
Dieu seul peut mesurer vos sublimes grandeurs ;
Mais les hôtes du ciel y chantent vos louanges,
Remplis par l'Esprit-Saint d'ineffables ardeurs !

Du haut de ce séjour de gloire et de lumière
Vous daignez nous sourire et vous séchez nos pleurs.
Veillez toujours sur nous, et que votre prière
Nous obtienne toujours les divines faveurs !

Qu'elle obtienne surtout, bienfaisante Marie,
Cet aliment sacré, délices de nos cœurs,
Pain céleste et vivant qui nous donne la vie,
Et du ciel ici-bas fait goûter les douceurs !

PSAUME CL

O brillants séraphins ! ô légions fidèles,
D'un maitre tout-puissant serviteurs glorieux !
Chantez avec transport les grandeurs immortelles
    De la Souveraine des cieux !

Vous l'avez saluée au jour de sa naissance,
Effacés par sa gloire et sans être jaloux ;
Vous l'avez contemplée en sa douleur immense;
    Devant son trône inclinez-vous.

O vous qui la chantiez sur vos harpes sacrées,
Alors que l'Esprit-Saint vous montrait l'avenir,
Prophètes du Seigneur, vos lèvres inspirées
    Doivent sans cesse la bénir !

Apôtres, célébrez cette divine mère
Qui vous animait tous à répandre la foi,
Car Dieu l'avait laissée après lui sur la terre
    Pour vous instruire de sa loi !

O martyrs, saluez, admirez sa victoire !
Vos combats réunis, magnanimes vainqueurs,
N'égaleront jamais le mérite et la gloire
    De la moindre des ses douleurs !

C'est elle, ô saints docteurs, qui détruit l'hérésie
Vous dicta vos écrits, inspira vos accents ;
Pour vaincre les enfers le Seigneur l'a choisie,
    Et vous lui devez votre encens !

Vierges, qu'un feu divin pour le Seigneur anime,
Entourez votre Reine et formez-lui sa Cour,
N'avez-vous pas suivi son exemple sublime
    En donnant à Dieu votre amour ?

Nous, mortels, bénissons la Vierge immaculée,
La mère de Jésus, la mère de douleurs,
La Reine trois fois sainte et de grâce comblée,
    Le doux refuge des pécheurs !

FIN DES PSAUMES

CANTIQUES

---

*Cantique à l'imitation de celui des trois enfants dans
la fournaise.*

Ouvrages du Très-Haut, glorifiez sa mère !
Séraphins, louez-la dans les célestes chœurs !
O vous tous qui vivez dans le ciel ou sur terre,
Exaltez son saint nom, proclamez ses grandeurs !

Astres qui répandez vos torrents de lumière
Sur des mondes lointains ignorés de nos yeux !
Fleur, insecte, cachés dans l'herbe ou la poussière,
Vous aussi, louez-la ! c'est la Reine des cieux !

Que toujours, en tout lieu, la Vierge soit bénie !
Dieu le veut ! Dieu lui-même inspire nos accents !
Rose dont la beauté ne fut jamais ternie,
O combien vos parfums sont doux et ravissants !

Jusqu'au fond de nos cœurs leur céleste influence
Fait couler des torrents d'ineffable douceur !
O suaves parfums d'amour et d'innocence !
Vous êtes l'avant-goût de l'éternel bonheur !

Notre ennemi cruel vous hait et vous blasphème,
O Reine, confondez son odieux courroux !
Mais que chaque mortel qui vous prie et vous aime
Ressente vos bienfaits si touchants et si doux !

Obtenez à vos fils la divine richesse,
L'huile mystérieuse apaisant nos douleurs,
Le vin qui met dans l'âme une céleste ivresse
Le froment des élus qui fait vivre nos cœurs !

A votre nom sacré que tout genou fléchisse
Sur terre et dans le ciel, même au fond des enfers,
Et que les cœurs aimants tressaillent de délice,
En répétant ce nom dans leurs pieux concerts !

Béni soit l'Eternel, auteur de votre gloire !
Seule, vous êtes pure et parfaite à ses yeux !
Bénis soient vos parents, dont la sainte mémoire
Sera toujours si chère à tous les cœurs pieux !

Que par les habitants de 'univers immense
Dans un transport divin cet hymne soit chanté ;
A la Reine du ciel, amour, gloire et puissance
En tous lieux, en tout temps et dans l'éternité.

Cantique à l'imitation de celui d'Isaïe.

Je vous glorifierai, souveraine chérie,
Vous avez apaisé le courroux du Seigneur,
Vous rendez l'innocence à mon âme flétrie,
Vos célestes bontés ont consolé mon cœur!

Je marcherai sans crainte et rempli d'espérance,
La mère du Très-Haut daigne veiller sur moi!
La Vierge est mon espoir, mon appui, ma défense,
Qui pourrait désormais m'inspirer de l'effroi?

Que je puise, ô Marie, en la source sacrée,
La source de bienfaits qui vient de votre cœur,
Dieu veut que dans ses flots l'âme régénérée
Retrouve la beauté, la force, la vigueur

Sachez tous, ô mortels, qu'une divine mère
Vous protège sans cesse, invoquant l'Eternel!
Béni soit le Seigneur qui lance le tonnerre,
Et veut être vaincu par l'amour maternel!

Qu'il soit béni, le Dieu de clémence infinie
Qui mourut sur la croix, s'immole sur l'autel
Et nous donna sa mère en nous donnant sa vie,
Tendre et suprême effort d'un amour immortel!

Cantique à l'imitation de celui d'Ezéchias.

Sur la terre, pour moi, toute joie est flétrie
Car tous ceux qui m'aimaient ont fui ce triste lieu,
Et j'ai dit en mon cœur : « J'irai trouver Marie,
Qui me rendra l'espoir en me guidant vers Dieu! »

Je repasse les jours de ma vie écoulée,
O mornes souvenirs! ô regrets superflus!
Mais la Vierge me dit : « Sois forte et consolée,
Tu retrouveras tout dans le cœur de Jésus! »

O mon père! ô ma mère! ô soutiens de mon âme,
Vous m'avez délaissée au milieu du chemin!
Mais la mère de Dieu qu'un saint amour enflamme,
Vient au devant de moi pour me tendre la main!

Ah! ce n'est pas en vain que depuis mon enfance
En vous, Reine du ciel, j'ai placé mon espoir!
Avec la douce paix vous rendez l'innocence,
Et du serpent fatal vous brisez le pouvoir!

Couronnez vos bienfaits, chaste Reine des Anges,
Que par votre secours les cieux me soient ouverts
Et votre enfant sauvé chantera vos louanges
S'unissant aux élus dans les divins concerts.

Cantique à l'imitation de celui d'Anne.

Mon cœur se réjouit dans le Dieu qu'il adore,
Dieu l'éclaire, l'anime, et le remplit d'ardeur !
Mon cœur bénit Marie, aimable et belle aurore ,
Qui de l'astre divin m'anonçait la splendeur !

Non, rien ne se compare à la Vierge immortelle,
Dans les hauteurs du ciel comme dans ce bas lieu
Toute gloire pâlit, s'efface devant elle,
Dieu seul est au-dessus de la mère de Dieu !

Israël, laisse là ton antique langage
Pour un nouveau prodige il faut de nouveaux chants,
Mais pour louer Marie et pour lui rendre hommage,
O cieux, en avez-vous qui soient assez touchants?

Réjouis-toi Sion, ta fille glorieuse
Commande aux séraphins et sauve les mortels !
Entends les chœurs des cieux l'appeler bienheureuse,
Vois l'univers entier lui dresser des autels !

Elle guérit nos maux, elle sèche nos larmes,
Elle écrase et confond notre ennemi cruel,
Elle est notre secours dans toutes nos alarmes,
La servante du pauvre, et la Reine du ciel !

Cantique à l'imitation de celui de Marie.

Chantons cette reine sublime
Que Dieu couronne dans le ciel,
Elle a renversé dans l'abîme
L'infernal Pharaon, l'ennemi d'Israël !

Nos ennemis disaient dans leur fureur terrible ·
Poursuivons, écrasons ces proscrits éperdus !
Mais Dieu rend sa mère invincible,
Elle nous a sauvés et les a confondus !

Et mon âme par vous est aussi délivrée,
O Vierge, le refuge et l'espoir du pécheur !
Des serres du vautour vous l'avez retirée
Afin de la rendre au Seigneur.

Comme l'oiseau qui sous son aile
Abrite ses petits par la crainte glacés,
Que votre bonté maternelle
Abrite vos enfants tremblants et menacés !

Vous à qui j'appartiens, mère auguste et chérie,
Offrez au Dieu Sauveur et mon âme et mes jours,
Mettez un sceau divin sur ce cœur qui vous prie
Et ne veut plus s'ouvrir qu'aux célestes amours !

O ma mère! ô mon Dieu, que votre amour m'enflamme!
Alors je m'écrirai dans un pieux transport :
Que puis-je redouter lorsque j'ai dans mon âme,
  Cet amour plus puissant que l'enfer et la mort? »

Cantique à l'imitation de celui d'Habacuc.

Vos prodiges, Marie, ont frappé mes oreilles,
Une extase divine a ravi tous mes sens,
Et j'ai dit : «-Pour louer de si grandes merveilles,
Mon esprit et ma voix demeurent impuissants !

Ce miracle d'amour qui délivra le monde,
Par vous Dieu l'accomplit ! Pour sauver les pécheurs,
Il vous créa sans tache, il vous rendit féconde,
Avec le sang du Christ il a mêlé vos pleurs !

Ces mystères divins, vous les cachez, Marie,
Aux superbes esprits par l'orgueil enivrés ;
Mais vous les révélez à l'enfant qui vous prie,
Aux cœurs simples et doux par l'amour inspirés !

Dans les cieux infinis rayonne votre gloire,
Vos immenses bienfaits remplissent l'univers,
Vous avez partagé les douleurs, la victoire
Du Sauveur adoré qui vient briser nos fers !

Vous répandez partout le salut et la vie,
Vous daignez nous conduire au céleste séjour,
Dieu pour notre bonheur vous fit naître, Marie !
Ah ! donnez-lui nos cœurs pleins d'ivresse et d'amour !

Cantique à l'imitation de celui de Moïse.

Cieux, entendez ma voix qui va louer Marie !
Terre, sois attentive ! Ecoutez-moi, pécheurs,
Et de celle que Dieu couronne et glorifie
Reconnaissez enfin la bonté, les grandeurs!

Avez-vous oublié, peuple ingrat et rebelle
Que Marie est l'appui, le salut des humains?
Le prix du sang du Christ est dispensé par elle,
Tous les bienfaits de Dieu nous viennent par ses mains!

Avez-vous oublié que le Dieu de clémence
Nous la donna pour mère en expirant pour nous ?
Qu'après avoir du Christ partagé la souffrance,
Elle prodigue encor les miracles pour vous?

N'espérez pas trouver la paix dans cette vie,
N'espérez pas trouver le bonheur éternel,
Si vous cessez d'aimer et de servir Marie !
L'enfant pâlit et meurt loin du sein maternel !

N'espérez pas fléchir le redoutable juge,
Si vous n'invoquez pas des lèvres et du cœur,
Celle que votre Dieu vous donna pour refuge !
Qui dédaigne Marie outrage le Seigneur!

O mortels aveuglés, sachez enfin comprendre
Du Dieu qui vous créa les célestes bienfaits!
Dieu même vous légua cette mère si tendre,
Auprès d'elle cherchez l'espérance et la paix!

Venez, approchez-vous de cette source pure
Que fait jaillir pour vous la bonté du Seigneur
Là, du cœur pénitent s'efface la souillure;
Là, du cœur affligé s'apaise la douleur!

O chrétiens, chérissez, bénissez votre Mère,
Remplisez vos concerts de son nom glorieux,
Et ces transports d'amour commencés sur la terre
Deviendront plus divins dans le séjour des cieux!

Cantique à l'imitation de Zacharie.

Sois bénie à jamais, Vierge sublime et pure
Mère du Fils de Dieu, temple de Jéhova!
Par toi, Dieu s'abaissant jusqu'à la créature
    S'unit à nous et nous sauva!

O fille de David, l'Eternel t'a choisie!
Ta pureté suprême attira le Seigneur,
Dieu l'avait annoncé par la voix d'Isaïe
    Qui prophétisa ta grandeur!

Dieu nous prédit lui-même, aux premiers jours du
Devant le noir serpent frémissant et déçu,   [monde,
Celle qui du serpent brise la tête immonde,
    Et par qui le Verbe est conçu!

O Vierge, écrase encor notre ennemi funeste!
Vois-le se relever, menaçant, irrité!
Obtiens-nous de servir le souverain céleste
    Dans la paix et la liberté!

Vois, l'enfer parmi nous vomit la nuit profonde,
Ou les fausses lueurs qui fascinent les yeux!
Etoile du matin, l'espérance du monde,
    Lève-toi, brille dans les cieux!

En toi les cœurs pieux mettent leur confiance,
O notre protectrice et notre mère à tous,
O Vierge! souviens-toi de l'antique alliance
        Que le Seigneur fit avec nous!

Que ton divin pouvoir rende impuissante et vaine
L'effroyable fureur de l'orgueil révolté!
De la terre et du ciel Dieu te fit souveraine
        Couronnant ton humilité!

L'enfer veut ressaisir son ancienne puissance!
Eclaire et mène à Dieu, pour qu'il nous sauve encor,
Tous ceux qui sans amour, sans foi, sans espérance,
        Errent dans l'ombre de la mort!

FIN

IMP. DES APPRENTIS-ORPHELINS. — ROUSSEL, 40, RUE LA FONTAINE, 40